PEQUEÑAS BIOGRAFÍAS DE G

CÉSAR CHÁVEZ

Joan Stoltman

Traducido por Ana María García

Gareth Stevens
PUBLISHING

Please visit our website, www.garethstevens.com. For a free color catalog of all our high-quality books, call toll free 1-800-542-2595 or fax 1-877-542-2596.

Cataloging-in-Publication Data
Names: Stoltman, Joan.
Title: César Chávez / Joan Stoltman.
Description: New York : Gareth Stevens Publishing, 2018. | Series: Pequeñas biografías de grandes personajes | Includes index.
Identifiers: ISBN 9781538215579 (pbk.) | ISBN 9781538215302 (library bound) | ISBN 9781538215630 (6 pack)
Subjects: LCSH: Chavez, Cesar, 1927-1993–Juvenile literature. | United Farm Workers–History-Juvenile literature. | Labor leaders–United states–Biography–Juvenile literature. | Mexican American migrant agricultural laborers–Biography–Juvenile literature. | Migrant agricultural laborers–Labor unions–United States–History–Juvenile literature.
Classification: LCC HD6509.C48 S7585 2018 | DDC 331.88′13092–dc23

Published in 2018 by
Gareth Stevens Publishing
111 East 14th Street, Suite 349
New York, NY 10003

Translator: Ana María García
Editorial Director, Spanish: Nathalie Beullens-Maoui
Editor, Spanish: Natzi Vilchis
Designer: Samantha DeMartin

Photo credits: series art Yulia Glam/Shutterstock.com; Cover, pp. 1, 13 Arthur Schatz/The LIFE Picture Collection/Getty Images; p. 5 Cathy Murphy/Hulton Archive/Getty Images; pp. 7, 9 Historical/Corbis Historical/Getty Images; p. 11 (Gandhi) ullstein bild/ullstein bild/Getty Images; p. 11 (King, Jr.) Yann/Wikimedia Commons; p. 11 (St. Francis) Dcoetzee Bot/Wikimedia Commons; p. 15 Bob Riha Jr/WireImage/Getty Images; p. 17 courtesy of the Library of Congress; p. 19 (inset) MIKE NELSON/AFP/Getty Images; p. 19 (main) Cathy Murphy/Hulton Archive/Getty Images; p. 21 Hulton Archive/Getty Images.

Printed in the United States of America

CPSIA compliance information: Batch #CW18GS: For further information contact Gareth Stevens, New York, New York at 1-800-542-2595.

CONTENIDO

Las palabras del glosario se muestran en **negrita**, la primera vez que aparecen en el texto.

Una infancia difícil

De origen mexicano-americano, César Chávez nació en 1927 en Arizona. Sus padres eran dueños de una granja y una tienda, pero cuando César cumplió once años todo cambió. Su familia, como muchas otras familias, perdió sus tierras debido a la **Gran Depresión.**

César y su familia se convirtieron en trabajadores migrantes, es decir, se trasladaban de pueblo en pueblo como trabajadores agrícolas. Trabajaban todos los días desde las tres de la mañana hasta el anochecer. No había descansos, tampoco baños, ni tan siquiera agua potable. Además, les pagaban muy poco.

trabajadores migrantes

A César le dolía la espalda
por agacharse todo el día
para recoger frutas y verduras.
Familias como la de César vivían
en **chozas**, tiendas de campaña,
autos o **a la intemperie**.
No tenían calefacción ni agua
corriente. No había leyes que
protegieran a los trabajadores,
por lo que algunos granjeros
se aprovechaban de ellos.

TRITON
MOTOR OIL
THIS SIDE UP
114
2M 93 97
CALIFORNIA 37

Tiempo de cambio

Su infancia le enseñó que había muchas cosas que cambiar. De joven, leyó libros de pacifistas como Mahatma Gandhi, el Dr. Martin Luther King Jr. y San Francisco de Asís. De estos hombres amantes de la paz, aprendió que el cambio era posible.

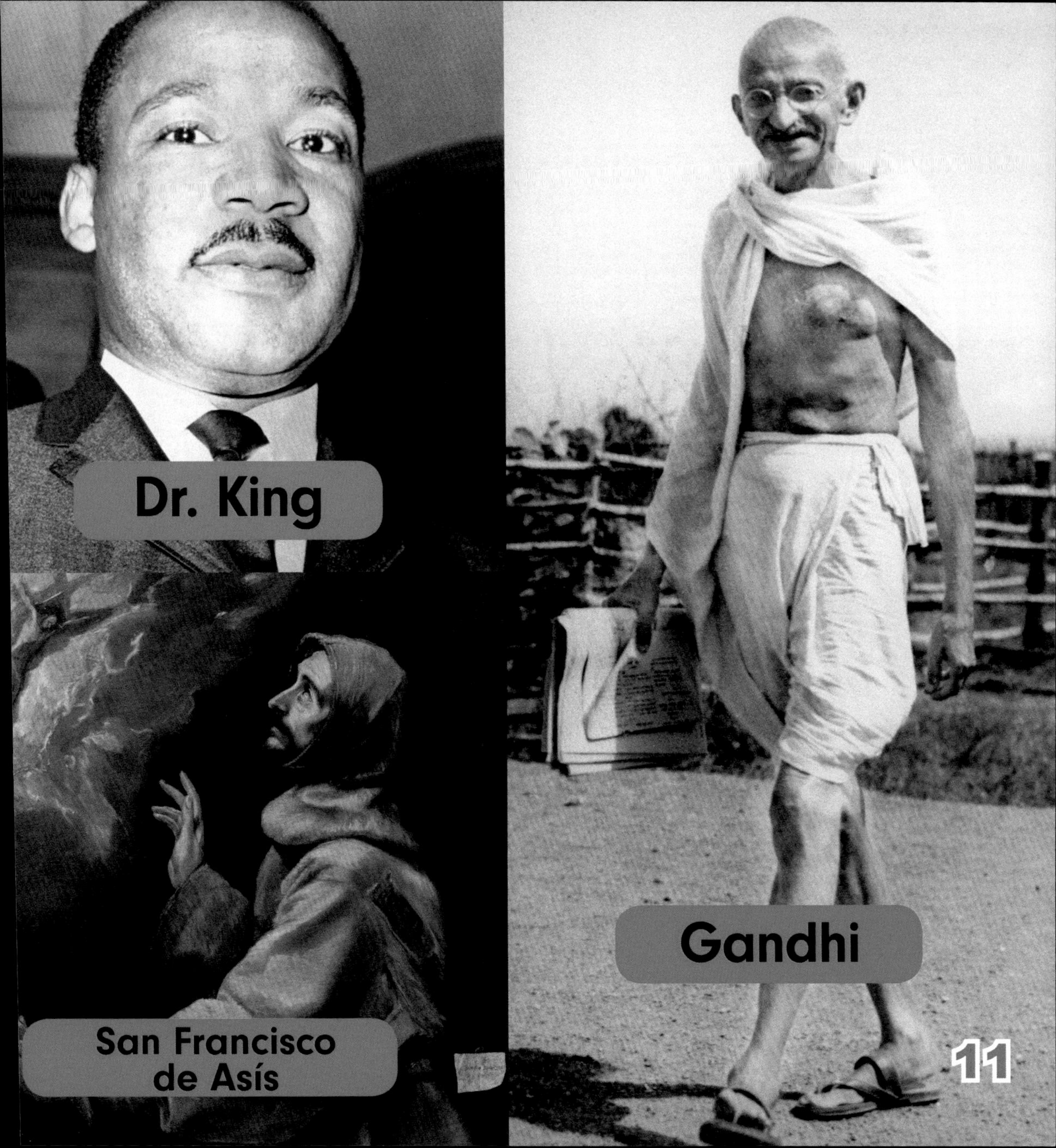
Dr. King
San Francisco de Asís
Gandhi

En 1962, César creó un **sindicato** para luchar por mejorar los salarios y las **condiciones** de los trabajadores migrantes del campo. Para que entendieran cómo podía ayudarlos un sindicato, se convirtió en trabajador migrante una vez más. De esta manera, César y sus compañeros podían hablar mientras trabajaban.

¿Qué hizo su sindicato?

El sindicato solo utilizaba métodos pacíficos para manifestarse. Los sindicalistas organizaban marchas y **protestas**, portando pancartas con los cambios que querían. César les enseñó a mantenerse firmes y a no recurrir ni a la **violencia**, ni a los gritos. Aún así, ¡fue encarcelado varias veces por sus acciones!

OF
ALL
MC FARLAND
"WE THE PEOPLE CAN WIN"
JESSE JACKSON
Who Feed
UNITED FARM WORKERS OF AMERICA AFL-CIO
BOYCOTT
GRAPES

El sindicato de César organizó huelgas y boicots, lo que costaba dinero a los agricultores. Durante una huelga, los trabajadores se niegan a trabajar hasta que se realicen ciertos cambios. Muchas personas se unieron a la causa haciendo boicots, es decir, negándose a comprar determinados alimentos hasta que se tratara mejor a los trabajadores.

Dándolo todo

César hizo varias **huelgas de hambre**. Vivió bajo el lema "Sí, se puede", traducción al español de "*Yes, it can be done*". Cuando murió en 1993, más de 40,000 personas participaron en una marcha para mostrar su respeto hacia este líder pacifista.

Los esfuerzos de César condujeron a leyes a favor de los trabajadores migrantes. César cambió la vida en las fábricas, tiendas y otros empleos. Enseñó a los trabajadores de todas partes a hacer oír sus voces. El mundo es un lugar mejor gracias a César Chávez.

GLOSARIO

a la intemperie: al aire libre, al descubierto, sin techo.

choza: construcción pobre y pequeña.

condiciones: el estado en el que alguien vive o trabaja.

Gran Depresión: un período de problemas entre 1929 y 1939 en los bancos y con el dinero, que dejó a muchos estadounidenses sin trabajo y sin hogar.

huelga de hambre: la acción de negarse a comer para manifestarse en desacuerdo con algo.

protesta: un acto en el que las personas se oponen a algo.

sindicato: un grupo formado por trabajadores para la defensa de sus derechos e intereses.

violencia: el uso de la fuerza para hacer daño a alguien o algo.

PARA MÁS INFORMACIÓN

LIBROS

Berne, Emma Carlson. *What's Your Story, Cesar Chavez?* Minneapolis, MN: Lerner Publishing, 2016.

Brown, Monica. *Side by Side: The Story of Dolores Huerta and Cesar Chavez.* New York, NY: Rayo, 2010.

Juarez, Christine. *Cesar Chavez.* North Mankato, MN: Capstone Press, 2017.

Roome, Anne, and Joanne Mattern. *Cesar Chavez: Champion for Civil Rights.* New York, NY: Children's Press, 2016.

SITIOS DE INTERNET

Cesar E. Chavez National Holiday
cesarchavezholiday.org/
Lee todo acerca del movimiento para crear una fiesta nacional en honor a César Chávez.

Cesar Chavez Foundation
chavezfoundation.org/
Este sitio de internet contiene muchos vídeos y audios de los discursos de César y sobre su vida.

Nota del editor a los educadores y padres: nuestro personal especializado ha revisado cuidadosamente estos sitios web para asegurarse de que son apropiados para los estudiantes. Sin embargo, muchos de ellos cambian con frecuencia, por lo que no podemos garantizar que contenidos que se suban a esas páginas posteriormente cumplan con nuestros estándares de calidad y valor educativo. Les recomendamos que hagan un seguimiento a los estudiantes cuando accedan a Internet.

ÍNDICE